AF357892

Vente du Samedi 26 Décembre 1868.

OBJETS

DE LA

CHINE ET DU JAPON

EXPOSITION PUBLIQUE

Le Vendredi 25 Décembre 1868

DE UNE HEURE A CINQ HEURES

Me CHARLES PILLET,
COMMISSAIRE-PRISEUR

M. CH. MANNHEIM,
EXPERT

1868

CATALOGUE

D'UNE JOLIE RÉUNION

D'OBJETS DE LA CHINE

ET DU JAPON

BRONZES D'ART; — ÉMAUX CLOISONNÉS;
ARMES; — PORCELAINES;
TABLEAUX; LAQUES; MEUBLES; OBJETS VARIÉS

DONT LA VENTE AURA LIEU

HOTEL DROUOT, Salle N° 3

Le Samedi 26 Décembre 1868

A DEUX HEURES.

Mᵉ CHARLES PILLET	**M. CHARLES MANNHEIM**
COMMISSAIRE-PRISEUR	EXPERT
rue Grange Batelière, 10.	rue Saint-Georges, 7.

EXPOSITION PUBLIQUE

Le Vendredi 25 Décembre 1868, de une heure à cinq heures.

CONDITIONS DE LA VENTE

Elle sera faite au comptant.

Les acquéreurs payeront *cinq pour cent* en sus des enchères

Paris. — Imprimerie de Pillet fils aîné, rue des Grands-Augustins, .

DÉSIGNATION DES OBJETS

BRONZES

1 — Deux vases modèle bouteille, à goulot droit, entouré
d'un dragon en relief et à panse sphérique, offrant des
tortues se jouant dans les flots; bronze japonais.

2 — Deux vases analogues à ceux qui précèdent.

3 — Vase chinois en bronze à panse sphérique et goulo
droit, garni de quatre tubes décorés ainsi que toute la
pièce de grecques en relief.

4 — Deux vases formés de troncs d'arbre garni de branches
en relief ainsi que d'oiseaux en ronde bosse. Socles
en bois.

5 — Deux brûle-parfums, formés de perdrix debout, sur
socles en bois.

6 — Brûle-parfums de forme surbaissée, à ornements en relief et couvercle surmonté d'une chimère. Socle en bois
découpé à jour.

7 — Brûle-parfums formé d'une chimère assise, et posant la patte sur une boule repercée à jour. Socle en bois sculpté.

8 — Brûle-parfums formé d'une chimére debout, en bronze doré en partie. Socle en bronze.

9 — Autre brûle-parfums formé d'un personnage, à califourchon sur un animal chimérique. Socle en bois sculpté.

10 — Brûle-parfums formé d'un animal fantastique debout.

11 — Ting ou brûle-parfums en bronze, de forme carré-long reposant sur quatre pieds découpés et à arêtes en relief. Couvercle et socle en bois sculpté.

12 — Brûle-parfums en forme de balustre, carré, à ornements en relief et à couvercle, surmonté d'une chimère.

13 — Vase modele balustre, en bronze, à ornements en relief, et à anses garnies d'anneaux mouvants; socle en bois.

14 — Groupe composé de deux figurines en bronze posées sur terrasse et garnie d'un palmier en bois sculpté.

15 — Figurine en bronze; personnage accroupi sous un arbre, en bois sculpté.

1 — Vase modèle cornet, à panse renflée et à deux anses en bronze, avec ornements en relief.

17 — Deux cornets carrés, à panse renflée, avec ornements en relief; socles en bois.

18 — Deux statuettes, personnages debout sur socles repercés
à jour.

19 — Miroir métallique offrant sur une de ses faces des
oiseaux en relief. Support en bois sculpté.

20 — Petit cornet en bronze avec parties dorées.

21 — Vase, modèle bouteille à goulot droit et panse garnie de
têtes chimériques saillantes.

22 — Brûle-parfums reposant sur trois pieds droits et anses
surélevées en bronze, muni d'une belle patine. Socle en
bronze formé d'une feuille de lotus.

23 — Petit vase à quatre lobes, en bronze, à médaillons,
fleurs en relief et anses, têtes chimériques. Socle en bois.

24 — Brûle-parfums de forme ronde, reposant sur trois têtes
d'éléphant. Socle et couvercle en bois sculpté, repercé à
jour.

25 — Brûle-parfums à panse sphérique, reposant sur trois
pieds droits et décoré d'ornements en relief. Socle et couvercle en bois sculpté.

26 — Brûle-parfums, de forme surbaissée, à panse cotelée et
à deux anses têtes chimériques. Socle et couvercle en bois
sculpté.

27 — Brûle-parfums, de forme hexagone, reposant sur trois
pieds droits. Socle et couvercle en bois sculpté.

28 — Deux statuettes en bronze sur socles en bois sculpté. Personnage assis et autre debout.

29 — Deux divinités en bronze, dont une sur pied en bois.

30 — Deux autres figurines en bronze. L'une d'elles a un pied en bois.

31 — Animal couché, portant un miroir métallique; bronze doré en partie. Socle en bois.

32 — Brûle-parfums, de forme surbaissée, à ornements en relief et à deux anses. Socle et couvercle en bois.

33 — Brûle-parfums analogue à celui qui précède.

34 — Autre brûle-parfums analogue.

35 — Brûle-parfums, de forme analogue, mais à panse unie. Socle et couvercle en bois sculpté.

36 — Petit brûle-parfums, à panse sphérique, reposant sur trois pieds bas et à deux anses en S. Bronze muni d'une belle patine claire. Socle et couvercle en bois.

37 — Brûle-parfums, de forme surbaissée, à couvercle composé de branches de fleurs et de fruits repercés à jour. Socle en bois.

38 — Petite jardinière ronde et évasée en bronze, enrichi de taches d'or et reposant sur nn plateau de même métal.

40 — Deux petits cornets, à panse renflée, en deux dimensions.

41 — Deux vases, modèle balustre carré à deux anses et arêtes en relief.

42-44 — Six vases en bronze, de formes variées, qui seront vendus par lots.

PORCELAINES

45 — Très-grand vase en ancienne porcelaine de Chine, émaillé bleu uni.

Haut., 1 mètre 25 cent.

46 — Vase porcelaine de Chine, décoré à l'imitation du bronze.

Haut., 62 cent.

47 — Potiche en ancienne porcelaine de Chine décorée en émaux de la famille verte.

48 — Figure de Poussah accroupi, en porcelaine de Chine, avec costume émaillé en couleurs. Socle en bois.

49 — Animal fantastique en grès émaillé en couleurs. Socle en bois sculpté.

50 — Autre animal fantastique en grès émaillé violacé. Socle en bois sculpté.

51 — Personnage monté sur un éléphant, en grès émaillé. Socle en bois sculpté.

52 — Deux porte-allumettes formés de chimères assises, en grès émaillé.

53 — Brûle-parfums en porcelaine craquelée, reposant sur trois pieds droits.

54 — Porte-allumettes en porcelaine jaspée rouge, en forme de tronc d'arbre. Socle en bois.

OBJETS VARIÉS

55 — Grande et très-belle chimère en émail cloisonné, de la Chine.

      Haut., 50 cent.; larg., 55 cent.

56 — Jonque en laque rouge de Pékin, très-finement sculpté et de forme très-élégante,

57 — Très-bel écran en laque rouge de Pékin; la plaque représente des vases de fleurs et autres objets d'ornements en matières précieuses.

58 — Deux grands tableaux anciens en tissus de soie brodés, genre Gobelins.

59 — Grand tableau, dans un magnifique cadre, représentant un grand nombre de jonques en relief.

60 — Deux petits tableaux représentant des personnages en relief, décorés de couleurs brillantes.

61 — Grand et riche tableau composé de compartiments en
bois de fer très-finement sculpté, renfermant des objets
décoratifs en matières diverses, telles que : jade, lapis
lazuli, émail cloisonné, etc.

62 — Dix petites coupes en émail cloisonné du Japon.

63 — Deux potiches couvertes en émail cloisonné du Japon.

64 — Deux très-beaux plateaux en émail cloisonné du Japon.

Long., 285 millim.; larg., 20 cent.

65 — Très-beau casque de Daïmio japonais.

66 — Arc japonais et ses flèches.

67 — Deux boîtes de médecin japonais.

68 — Trente-quatre petits groupes en ivoire sculpté, très-
variés.

69 — Beau sceptre de mandarin en laque rouge de Pékin,
finement ciselé.

70 — Petit cabinet en ivoire. Travail japonais.

71 — Grande et belle boîte en émail cloisonné de la Chine,
représentant des personnages, des fleurs et des oiseaux.

72-78 — Quatorze sabres japonais de dimensions et garnitures variées, qui seront vendus séparément.

79 — Porte-sabre garni d'un arc et de flèches laquées.

80-82 — Six arcs laqués, accompagnés chacun de deux flèches.

83 — Armure de guerrier japonais en tôle laquée vernie, mailles et étoffe de soie, composée d'un casque, de cuissards, brassards, chemise de maille et tablier.

84 — Armure analogue à celle qui précède, mais plus riche.

85 — Six pièces en bois, dont quatre figurines et deux racines.

86 — Deux pièces; corne à boire sculptée et tube en bambou sculpté.

87 — Deux petits écrans, dont l'un en laque de Pékin et l'autre en bambou sculpté; montures en bois noir découpé à jour.

88 — Deux pièces : personnage accroupi en terre cuite et éléphant en albâtre.

89 90 — Huit figurines en pierre de lard, sur socles en bois sculpté. Ce lot sera divisé.

91 — Petit vase en émail de la Chine, à décor de couleurs sur fond bleu clair. Socle et couvercle en bois sculpté.

92 — Groupe de deux figurines en bois sculpté, sur socle en
bois.

93 — Haut-relief en bois sculpté à figures, appliqué sur fond
de glace. Cadre et support en bois.

94 — Lance à long manche.

MEUBLES

95 — Petit meuble cabinet, fermant à deux portes et tiroirs à
l'intérieur, en bois de santal finement sculpté, à figures
et fleurs. Travail de l'Inde.

96 — Bureau-étagère en laque du Japon noir et or.

97 — Toilette en bois de fer sculpté à jour, avec dessus de
marbre, et garniture en porcelaine moderne de la
Chine.

98 — Table-étagère en bois de fer sculpté et à dessus de
marbre.

99 — Grand écran en bois de fer sculpté et repercé à jour,
garni d'une belle feuille brodée à fleurs et oiseaux, et reposant sur deux lions couchés.

100 — Grand guéridon en laque du Japon, décoré d'oiseaux
en relief.

101 — Grand paravent à cinq feuilles, à fond d'or et décoré
d'oiseaux, de fleurs, etc., en haut-relief d'une grande ri-
chesse.

102 — Deux trés-grands et beaux tableaux, représentant des
objets décoratifs, tels que : xases, coupes, etc,, en émail
cloisonné, en jade et autres matières.

www.ingramcontent.com/pod-product-compliance
Lightning Source LLC
LaVergne TN
LVHW010850180726
843502LV00010B/3806